KB129840

청어詩人選 224

다시 길을 걷자

전관표 시집

다시 길을 걷자

전관표 시집

시인의 말

30년 전 춘천의 겨울은 지독히도 추웠다.
글을 쓴답시고 냉기가 거미줄처럼 옥죄는 자취방에 앉아
겹겹이 이불이며 옷을 걸쳐 입고
아무렇지 않게 버렸던 지난 봄날을 미련스럽게
집착하며 기다리곤 하였다.
가끔 친구 집에 들러
양손에 반들거리는 까만 연탄을 한 장씩
들고 올 때면 얼마나 행복하였던지
그렇게 기다리던 봄이 오자
제대로 된 글 한 줄 없이 그저 끼적거리던
연습장 몇 권을 던져 놓고 밖으로 뛰쳐나와 버렸다.

산다는 것은 둥근 달과 같지 않을까
모양을 바꾸어 변하지만 이내 반복되어
원래대로 돌아오기에
연정(누구인지 무엇인지를 그리워하고 설레다가)
불면(제풀에 꺾여 잠 못 이루는 밤은 얼마나 아픈지)
단념(달아나려 꿈틀거리는 마음을 다독이고 부여잡아)
귀향(다 해진 나를 마냥 품어주는 고향으로 돌아가려네)

이렇게 삶의 소금기 얼룩진 글 조각들을
처음으로 엮어 보았다.

혹, 지금 나의 겨울이 친한 척
어깨를 감싸고 있을지 모르지만
한 번 더 봄이라도 온다면
모든 것을 던져 놓고 다시 어디론가
멀리 뛰쳐나갈 참이다.

2020년 1월 전관표

차례

2부 불면

3부 단념

4부 귀향

1부

연정

연정

산등 따라 불어오는 하늘 바람
푸르른 이파리 숲 내음 쉬이 담아
서산의 붉은 햇살 멀리 빗겨 가면
홀로인 내 마음 그를 따라가려네

사람들은 잠들어 밤은 고요한데
세상에 가득한 풀벌레 소리들도
크게 누운 산들과 맑은 공기도
애달픈 빈자리를 채울 수 없어

솔잎 사이사이 스미는 달이여
님의 살빛 내게로 담아올 때
별빛 가루처럼 고운 손길 그리워
휑하니 헤진 가슴 눈물 한 올 훔치네

가곡 감상

작곡 이종록
Sop 서활란
피아노 김윤경

달

어릴 적
아랫마을로 시집간
엄마 같던 누이 곁을
쫓기듯 나왔을 때
얄밉게 뒤따라오던 달빛
솔가지 사이로 쏟아졌다

완택산에서 내려오는 밤바람
달빛 흔들며 불어와
귀 옆 희끗한 머리 스치지만
우울해지진 않았다

낯설어진 밤의 산기슭에서
화려하지도
세련되지도 않았지만
줄기찬 생명의 소리 들려온다

오늘 밤은
왕 눈깔 박하사탕처럼
달달한 밤이다
달아, 참 달구나

봄 그림

야트막한 담벼락 틈
보송보송한 개나리꽃
겨우내 얼음 시간 참아낸
봄바람 설레는 촌색시다

산이 솔가지를 털어내어
부서져 날리는 묵은눈
하얀 송홧가루 되고
회갈색 산마루는
진달래로 연지 곤지 치장한다

갓난아기 살갗 다칠세라
봄바람 엉덩이 살랑이니
게으른 곤충들 졸린 눈 비비고
버들강아지 맑게 속삭인다

누렁이는 볕에 누워
찔끔 하품 눈물 곁눈질하고
밥풀로 붙인 '입춘대길' 기둥 아래
지팡이 찾던 주인 할아비
졸음으로 꾸벅거리니

어느새
대청마루 댓돌까지
봄빛 향기 가득하다

봄향

눈 비벼
창을 여니
기다리던 바람 한 줌

기다렸던
봄향인가
넘겨잡아 안았지만

흐릿한
하늘빛 보니
나의 봄은 어디에

봄 편지

개나리 한 꽃 두 꽃
눈치 빠른 까치가 울면
기다리는 마음 노랗게 피어
마을 어귀는 온통 그리운 내음
이 봄을 가득 담아 편지를 써봅니다

고드름 얼었다 녹았다
문지방 틈새 찬바람 일어도
그리움 호호 불어 겨울비는 봄비로
움트는 씨앗이 그린 꽃들 가득한 길
아름다운 동행 생각만으로도 행복합니다

행여 무심코 지나간다 해도
익숙하지 않은 이별이 온다 해도
기다리면 다시 나비들이 날아오듯이
그 자리에 있으면 함께 별을 볼 수 있을까
꼭꼭 눌러 쓴 봄 편지를 지금 부치러 갑니다

기다리면

매일 떠오르는
상식적인 한낮의 태양도
이른 새벽 기다려 보면
어찌 그리 더디게 오는지

산과 들에 찬바람 남아도
꽃망울 동그랗게 부풀었지만
개나리 목련 꽃 피는 새봄은
어찌 그리 더디게 오는지

기다리면
뭐든 더디게 온다

봄 소나기

겨우내 꽁꽁 싸맨 벚꽃 봉오리
찬 이슬 여러 번 얼어붙고
바람나 아파도 괜찮아 울지 않았는데

기다린 그대 봄 햇살에
살짝 익은 노릇노릇 땅 아지랑이
수줍게 손잡고 나들이 가려 했는데

눈치 없는 힘찬 봄 소나기
밤새도록 반 지하 처마 자락 두드리니
온 잠을 뒤척이는 안쓰러운 오늘 밤

꽃잎 떨어지겠다
우수수 떨어지겠다

단비

흙냄새 목 타는 들
여러 날 맘 태우다

기다리던 빗방울 소리
얼마나 낭랑한지

당신의 젖은 눈망울
애달프고 그리워

톡톡, 그대 붉은 입술에
아! 맥박 뛰는 대지여

빗소리

빗소리는 담기는 그릇에 따라
빗소리는 내닫는 바닥에 따라
빗소리는 들리는 귓속에 따라
빗소리는 스며든 마음에 따라
빗소리는 음정도 박자도 달라

빗소리는 기대선 연인의 등에
빗소리는 떠나는 기찻길 위에
빗소리는 집으로 돌아온 길에
빗소리는 당신이 그리운 맘에
빗소리는 누구든 버리지 않아

그리운 오월

눈처럼 새하얀
꽃 빛 얼굴
소녀는 아카시를 닮았어

오월의 강가를
소녀와 걸어가면
연두빛 바람도 함께했지

깜빡 잠들었나 봐
콧속을 간질이는
향기가 마음을 흔들어 깨우지만

너무 멀리 와버려
소녀를 잊었나 봐
그때 그 바람인가 꽃잎만 날리네

두 손에 남은
소녀의 아카시 월계관
흔적 없이 사라진 우리들 모래성

아카시 그윽한
그리운 오월
반짝이는 푸른 강변 돌아가고파

가곡 감상

작곡 이종록
Bar 박승혁
피아노 김윤경

편지

파란 하늘
푸른 바다
서로 닿아 장엄한 곳

어둠에 녹은 황금
온 세상 흘러들 때

반딧불
초록 등 켜고
편지 한 줄 써볼까

어느 구절초

제법 담 구실을 하는 회양목 울타리에
흰 구절초 한 송이 불쑥 자라 올라
바깥세상을 바라보고 있다
담의 안쪽 다른 꽃들은
모두 무성한 잎과 풍성한 꽃을 자랑하는데
너란 초록의 꿈은
끊어질 듯 여린 줄기를 올려
울타리를 뚫고 한 송이 흰 꽃을 피웠구나
언제인가 너는 이곳에 누워
싹을 움트고 새싹을 돋우었으나
촘촘한 회양목들의 땅에 휩싸여
햇빛도 궁하게 받아 곧 단명의 운명에 놓였지만
어린 네가 힘을 내고
무성한 욕망을 참고 이겨내어
오로지 여린 줄기를 올리고 올렸구나
이제 한 송이 꽃으로
가녀리고 청초한 너의 얼굴을
바람이 살포시 안아주고
너의 숭고한 삶의 여정에 울적해진 햇빛이
하얗게 핀 꽃잎을 촉촉하게 반짝여 준다

프리지어

그미 머릿결 내음
노란 프리지어
붉은 피 몰려
발작하는 회색 심연

그미 천진난만
포도알 눈동자
게슴츠레 유혹하여
시간을 가지려던 욕심

그미 잊힌 꿈
긴 잠에서 깬
가을로 가는 나이
이제야 응원하는 미련

참새

비 오는 아침
참새 한 마리
늘어진 전봇대 사이
까만 전깃줄에 앉았다

두 번째 줄에서
폴짝거린다
'솔-, 솔-, 솔-'

상큼한
솔 내음 그윽한
가을 오는 빗소리

가을비 내린다

교정에 가을비 내린다
세월 오래되어 근엄하게 구부러진
노송의 푸른 머리에도 솔솔 비가 내린다

떨어지는 빗줄기에 옛사랑 어른거리면
그리움 젖은 풀들이 고개를 숙이고
떨어지는 빗방울 속 못 잊을 얼굴들이면
설렘 젖은 이파리 훌쩍거린다

오래전 누군가도
오늘처럼 비 오는 날 여기에 서
젖은 운동장과
젖은 나무들과
젖은 지붕들과
젖은 산들과
젖은 길들을 바라보았을까

오래돼 버린 설렘이
가슴에 자작자작 내린다
잊지 못할 그리움이
눈망울에 촉촉하게 내린다

밤을 자릅니다

밤을 잘라 보렵니다
닳고 무뎌져 허연 지새움의 날로
지칠 줄 몰라 낙지처럼 꿈틀거리는
미끄덩하고 까만 밤의 몸뚱이를 말입니다

별빛은 스산한 바람에 부서져
아무도 볼 수 없는 달의 뒤로 숨어버리고
이내 숨소리도 들리지 않는 시간
어둠은 떠날 줄 모르고 우쭐댑니다

그리워했습니다
불 밝혀 다 흘러내린 눈물 같은 촛농과
이 밤이 다 해지도록 허우적거리지만
미련 없이 떠나간 그대의 그림자를 말입니다

한줄기 아스라한 모습이 보고파
바보같이 눈이 멀어져 아플 것 같은
길고 긴 밤을 자릅니다
새하얀 칼로

가을비

꿈속에 담아 잠든
시원한 파란 하늘
그저 하룻밤의 인연인지
잠을 깨우는 빗소리
잿빛 물든 새벽은
몽상의 경계를 넘나들고

지난여름 좋았던 응달
소란스러운 난장은 가물가물
비에 젖은 이파리 떨어지니
안쓰러운 마음
고이 달래 걷고 있는
가을볕 담아내는 오솔길

달 아래

어느 해
그렇게 보름달이 밝았던 적은 없었어
그날도 아버지는 저녁 식사를 물리시고
길게 담배 연기를 한참 뿜어내시곤 논으로 걸어가셨어
달빛을 받아 반짝이는 통통한 벼들이 움직이기 시작했어
서걱서걱 그렇게 달이 지도록 늦게까지 벼를 베시는 거야
꼬마의 눈알 속에 그렇게 크고 빛나는 보름달이 들어온 것은
아마 그것이 처음이자 마지막이었을 거야

희끗희끗해진 귀 머리에 걸린 안경 너머로
밤안개가 어둠을 좁히니 잠든 마을이 어렴풋하네
그날 이후 그럭저럭 나의 시간도 흘러
한참 만에 보름달 아래 서 보았어
논두렁은 언제 사라졌는지
어디에도 아버지는 계시지 않고
쪼그만 동공에 가득 찼던
그달도 더 뜨지 않지만
그립고 또 그리운 밤이네

매미 껍질

전나무 맑은 향기 가득한 곳
알맹이 잃은 매미 껍질
땅의 색깔만 품은 채
매달려 있다
잦아드는
매미울음
가둬볼까
다가오는
가을바람
채워볼까
산새 소리
들러보다
날아가면
서산 노을
가득 담은
눈부신 황금빛 껍데기

가을밤

갈바람 미련 남아 골목길 서성이고
달빛 새어 빈 책상에 내려온 밤
머나먼 이곳 잠들지 못하는데
나뭇잎은 밤새 붉게 물들겠지

인연이 아닌 줄 알면서
기억은 온밤을 헤매니
오늘도 먹먹한 가슴은 달빛 따라
별무리 흐르는 가을밤을 걷고 있네

갈바람 미련남아 골목길 서성이고
달빛 새어 살며시 내려온 밤

접은 그리움 펼치고 싶지 않아
내 마음 저편에 두었지만
눈물을 참으려 큰 숨 베어 무니
시간은 맴돌다 사라지네

인연이 아닌 줄 알면서
기억은 온밤을 헤매니
오늘도 먹먹한 가슴은 달빛 따라
별무리 흐르는 가을밤을 걷고 있네

갈바람 미련남아 골목길 서성이고
달빛 새어 살며시 내려온 밤

가곡 감상

작곡 양희영
Ten 하만택
피아노 김윤경

코스모스

바람에
하늘하늘
비단 홍색 코스모스
바라봅니다
구름 콕콕 찍힌
맑고 시린 하늘

석양에
한들한들
수줍은 하얀 코스모스
기다립니다
애틋한 그 이름
그리운 내 사랑

하얀 눈

모여 함께 하면
바람도 우릴 날리지 못해
모여 함께 하면
태양도 우릴 녹이지 못해

나뭇잎 떨어진 가지에
눈꽃이 소담스럽게 부풀어지고
얼룩진 도시의 지붕들은
한 점 한 점 하얗게 칠해진다

그리운 이여

어디로 가셨습니까
햇살이 머무는 대지를 지나
잠시 어둠이 몰리고
끝없이 펼쳐진 물결이
어우러진 곳을 따라
아득한 회상의 시간을 걷고 계시나요

순간의 아스라한 불빛 같은 삶 속에서
후회스러운 눈물들 흩뿌리고선
이별의 손짓도 잊으신 채
까만 하늘 속 별빛이 되셨나요

남겨진 사진 위를 삭풍이 불어오면
그 모습 우수에 젖어
빛바랜 추억은
상실한 영혼의 그림자를 재우려 토닥입니다

그대 없는 자리
무상무념의 바람만이 휘몰아치며
화롯불 꺼진 지 오래된 재만이
지나간 시간을 잡아보곤 합니다

다시 뒤돌아보지 않을 테요
저 들도 하늘도 나무도
이 허무의 끝과 시작이 불분명한 공간에
한 줌의 흙만이 남아 변명을 대신합니다

영혼은 홀로 우리 곁을 떠나지 않으련만
시간은 망각의 약이 되어
점점 희미해져 가는 기억을 지워버리려 합니다

그리운 이여
태양이 떠오르면 그 찬란한 빛에서
구름이 피어 들면 그 이불을 덮으시고
언제나 남아 있을 우리 가슴속에
영원히 쉬어 가십시오

기다리기

한참을 기다려도 오지 않는 사람
시간이 얼마나 흘렀는지
사람들이 얼마나 스쳐 갔는지
목구멍은 바싹 말라버렸고
식은땀이 뒷머리에 흐른다
그냥 멋쩍게 벌떡 일어날까
미련일지 모른다
가식일지 모른다
생각중이다
많이 기다렸다
멀리 와 버렸다
이제 일어날 수 없다
그래도 만나고 싶은 사람
긴 머리 휘날리며 다가올까
애써 얼굴색을 고쳐
아무 일 없었던 것처럼
큰일을 해낸 것처럼?
아니, 그냥 가버리자
가자 기다리자

가자 기다리자
가– 기– 가기? 가기?
가기!
그냥 집에 가기

이따가

사랑해
말해줘요
이따가
좀
이따가

미안해
말해줘요
이따가
좀
이따가

늦어요
멀
어
져 가는
밤기차
기적소리

지나간 것은

언젠가 헤어질 사람이고 자리인 줄 알았지만
늘 이렇게 살아도 되는 건가 화를 내다
에이 곧 벗어나면 되겠지 했다
새로운 시작의 메뉴는 기름지고 풍성하니
봄바람 불어오는 설렘을 맛보려는데
며칠 안 된 이별의 여운인지
코끝, 눈가 주름이 실룩인다

지나온 곳은 가고 싶고
지나간 시간은 슬프다

늦은 삼월에 내린 눈이 산들에 가득하다
텅 빈 운동장에 아이들 숫자보다
더 많이 찍혀 있는 크고 작은 흔적들
내 낯선 발자국은 찾을 수 없고
흙을 뒤집어쓴 까무잡잡한 눈사람이
홀로 남겨진 채 아이들을 기다리며
멍하니 나를 바라보고 있다

떠나온 사람은 보고 싶고
떠나간 것은 그립다

2부

불면

불면

깊은 어둠을 날카롭게 베는 차 소리
고요를 헤치는 듯하여 찡그렸지만
멀어져 간다, 누굴까
미련도 잠시 새벽이 가까이 있을 듯
조급해진다

스스로 애쓰지 않으려도
떠지지 않는 눈은 동공이 확대된
고양이처럼 한껏 웅크리지만
나는 이리저리 떠도는
고인 웅덩이의 반쯤 마른 나뭇잎

후, 시간의 흐름을 비집고
날벌레 한 마리 불빛을 헤매다
짠 바람이 살갗을 그을릴 만한 소금 사막
몇 자 끼적거리다 만 백지 위에 지친 날개를 접는다

약간의 게슴츠레한 정적
그를 느꼈을 때 길 잃은 아이의 두려움과
0.1㎜ 생명 의지에 대한 경외심이 생각났지만
윙윙대던 머리는 금세 뭉개 버린다

얄미운 생각
그의 비상을 막기 위해 불을 끄기로 한다
이따위 생사에 관여하지 않도록
늦은 잠을 자볼 참이다

이월이 가길

밤바람 내리는
꿈의 끝자락에
지루한 계절의 잡담은 늘어지고

흰 달빛 찰랑대는
냉수 한 잔으로
겨우 잠자리에 들 용기였지만

새벽이 오고 밤이 오는
살아야 할 많은 날을
품고 헤아려 주지 않는
이천십칠년 이월

이리저리 뒤척이는
그대의 밤은 악몽이다
저편으로 이편으로
그 이월이 빨리 가길

유월에

오월은 가버렸다
그녀의 머릿결로 날리던
아카시아 꽃잎과
그녀의 품속에 가득한
노란 프리지어 내음
그러나
가버림의 무정과 야속함
마지막 욕정을 이루지 못한
테스토스테론의 가위눌림
어느 날 문득
갈라짐 속으로 들어오는
나른한 자신의 추태와
복수에 대한 몰염치한 찬성
이내 지쳐버리는
짧은 쾌락에 대한 허함 내지는
사디즘에 대한 분노
그때, 나는 담배의 독에 입 맞춘다
떠나간 오월에 대한 그리움과 부질없는 증오
곁에 누워 헐떡이는 유월의 혓바닥

시간은

기다렸다는 듯 어김없이 흘러
삶에 숨이 턱까지 차올라 잠시만 외쳐도
남의 탓으로 위기를 모면하려 꼼수를 부리고 싶을 때도
시곗바늘을 구부리고 뽑아 이 순간을 영원으로 염원할 때도
제발 어둠이여 사라지라 불면의 고통을 잠재우고 싶을 때도
시간은 나의 존재를 아랑곳하지 않고 흐르고 흘러
언제는 빠르고 언제는 느려 터져 멋대로 흐르고 흘러
지금 여기에 친한 척 어깨동무를 하고 있다

종말에 대한 흔한 경고

꽉 쥐어짠 시커먼 먹구름이
굵은 빗줄기를 크게 한 번 쏟아내면
저 위의 계곡부터 잡아먹을 듯이
거대한 입을 벌린 채
큰 바위를 쪼개는 이빨과
도저히 걷잡을 수 없는 혓바닥으로
날름 흙과 이끼들을 삼키며
아래로 더 낮은 아래로
삼킨 돌들을 퉤 뱉기도 하고
소화되지 않은 붉은 물살들을 토해도 내며
쩌렁쩌렁 산 병풍을 들썩이는
어마무시한 굉음으로 내어 달린다

'사람들아, 이제 그만하면 되었다.'

허무의 노래

그새, 밖이 깜깜한가
쉬이 하루가 가 버렸는걸, 쩝!
불붙어 연기를 내뿜지만
곧 찌그러져 뭉개진 담배 대가리처럼
시간을 까먹고 있는 것 같기도 하고
머리맡 책들도 어랍쇼?
아가리를 처박고 억지 숨을 토해내며
주위는 온통 오그라진 양철 양동이처럼
내 몸을 쑤시는 것도 같고
소리는 질색의 피곤함으로 들리는데
낡은 형광등 단음의 반복된 일상
아예, 몸속으로 들어와 심장을 어지럽히네
손꼽아 세어 잡으려 했지만
어제를 따라 하루도 덩달아 지나갔네
이놈, 힘을 내어 손으로
내일의 꼬리를 끄집어내었네
그놈을 힘껏 움켜쥐어 보네
필시, 이리저리 어디론가 끌고 갈 테지
언젠가 그 꼬릴 잘라 배신을 할 테지

애쓰지 말게 무슨 문젠가
지붕 위의 별들은 언제나 반짝이리니
다만 방에 누워
그 하늘을 못 보니
심히 안타까울 뿐일세

잃어버림에의 묘사

그대는 천국의 악마
핏빛 나락의 천사
우둔한 가슴으로
겨울 바다 그 영혼의 고요함을
절망의 물거품으로 이끌었다

그대는 타버린 갈대
분실한 자신의 연인
비 맞은 꽃뱀은
당신의 손에 입 맞추고
안개를 입은 하얀 알몸으로
나의 눈알을 조금씩 삼킨다

나는 나를 거부한다
그도 나를 거부한다

그대는 내 안을 파는 독거미
미련은 거미줄에 말려 강물에 던져지고
흐물흐물 녹아내려 떠내려간다
마지막 손을 흔들며
하지만 당신을 사랑하오

은행알 안주

조명보다 빛나는 머릿결
하얀 손에 들려져 있는 수정 한 잔과
초록빛 진주 맑은 은행알 한 개
도톰한 그녀의 붉은 입술 속으로 미끄러진다

많이 늦은 밤이다
봄버들처럼 흔들리는 걸음걸이에
행인이 훔쳐볼 듯 늘씬한 허리
어둠을 이리저리 홀리는 관능

은행나무의
찬란했던 노란 이파리는
불 꺼진 채 이리저리 채이고
풀썩 주저앉은 알들의 보도를 걷는다

뿌지직! 뿌지직!
하이힐의 창끝은 바닥으로 관통하고
순간 그녀의 입술은 붉게 저주한다

'뭐야, 이 더럽고 냄새나는 것들은…….'

악몽

누가 말을 하고 있어
들리는 것도 같은데
알 것도 같은데
모르는 말들이 나를 아프게 해
그 자리에
나는 머리를 움켜잡고 나뒹군다

잡음은
붉은 곰팡이처럼 안구에 기생하고
침을 잔뜩 묻혀 실핏줄을 문지르다
꿈틀거리는 밤을 미끼로 끼어
그녀의 얼굴을 더듬어 보니
습기 찬 방바닥의 가랑이가
덥석 손을 잡아 삼킨다

양쪽 벽은 안으로 쓰러지고
시간은 나의 목을 조른다
볼품없는 밤의 나신이
나를 휘감아 안으면
그녀의 목젖 깊은 구멍으로
토해내는 악취에
붉은 코피는 손가락 사이로 떨어진다

누가 나를 보고 있는가?
나는 나를 잡고 춤을 춘다
밤은 젖어버린 몸을 누이고
나를 향해 박수를 보내고 있다

나는 두려워 유리창으로 달려든다

불면은 고통이다

핏기가 섞여 있는
복받쳐 오를 것도 같은
꽉 막힌 숨들을 토해본다
컥!

음산할 수도 있는 사각의 방과
굳어진 베개로 떨어지는 머리
스르륵!

또렷해진다는 정신은 착각이며
목으로 흘러내리는 번질거리는 칙칙함
제기랄!

부끄러운 몸뚱이를 보이고 싶지 않아
빨리 옷들을 챙겨
깊은 밤 속으로 어서 달려가고 싶다

……,
나는 이제 어둠 속에 녹아
아침 찬 이슬로 흘러내린다

오솔

달의 뒷면을
본적이 있는가

떠나가는
그대 뒷모습을
나는 보았다

달의 뒤에
홀로 있을지도 모를
나는 참 오솔하다

어느 가을밤에

먼지 끼어 뻑뻑한 창을 힘겹게 여니
멀리 겹겹의 산들이 차례로 들어온다
산들을 따라서 온 바람이 곁을 휘감아 돌고
그에 실린 가을 냄새는 오래 움켜쥔 욕망처럼
혈관 속으로 빠르게 내어 달린다

틈을 내고 싶었었다
어느 부위인지 알 수 없지만
기다란 커튼의 일렁임을 등 뒤로 하여
안락의자에 깊숙이 앉아
별 바라볼 것 없을 두 눈을 꼭 감고서

졸음이 반쯤 차오르면
잠시 인기척이라도 하는 듯 움찔하다 이내
푸석푸석한 잠의 달콤함을 혀끝으로 맛보려 하나
깊어진 밤의 둥근달은 귓속으로 들어가 버리고
전등 아래 날벌레 떼도 하나둘 영면의 축복을 받는다

밤새 바람이 펼쳤다 덮었다 지켜보겠지만
마지막으로 치닫고 있는 소설의 끝부분은
그냥 잊기로 한다
처마 끝 거미줄에 매달려 있던
바싹 마른 나뭇잎 한 장 내려오는 어느 가을밤에

지구는 돌아

지구가 돈다고 해
예전에 잘 몰랐는데
요즘 많이 느끼는 것 같아
월요일 출근길
사무실 입구에 다다르자
갑자기 다리가 휘청거릴 때
이게 다 지구가 돌기 때문이야

뒷주머니에서 울리는 진동
실시간 인터넷 긴급 속보에
기괴하고 겁나는 뉴스들
쓰러질 정도로 골이 흔들리고
빈혈 증상이 수반된 심한 두통
잠시뿐이야 모두 그러려니 해
이게 다 지구가 돌기 때문이야

늙은 닭들은 매일 달걀을 낳고
북쪽의 땅은 또 흔들리고
흐렸다 맑았다 비 오다 바람 불다
마시다 깨다 피우다 버리다
아침 어제처럼 사람들이 움직여
들어갔다 나갔다 해가 붉게 진다
이게 다 지구가 돌기 때문이야

욕망의 정의

처음
욕심의 그물에 걸린
마음 물고기들의
담백한 맛으로 시작되지만
시간이 흐를수록
향신료와 양념에 길들여져
점점 자극적 맛을 쫓다
결국
마음의 미각과 청각을
잃어버리게 하여
우리를 칭칭 동여매는
끈적끈적한 거미줄 같은 것

악습의 정의

담배를 태우면 폐가 타고
술을 그리 들면 속병이 든다네
고민으로 밤을 새우면 머리가 세고
욕심을 부리면 이어 화를 부른다네
거짓말이 늘면 구차한 변명이 늘고
귀는 들을 수 있으나 입술은 빨갛다네
내일도 그러하리라는 것을
너무나 당연시하여 되새겨봄 없으니

밤은 누구에게나 어두워 게으른 잠이 들게 하고
그래도 나는 내일 눈을 동그랗게 떠볼 생각이네

1990년 겨울

1.
그대, 시들어가는 꽃이여
어둠과 나의 목구멍에서 뿜어 나오는
공기로 숨 쉴 수 있는가

밖은
눈 내려 하얗게 언 땅 위로
말라비틀어진 줄기들은
서로 껴안고 있는데

나를 외면하고
창밖을 보는 그대
미안하다
돌려놓지 못하는 욕심은
그저 마른 이파리를 쓰다듬을 뿐

잠시 잠들었는지
눈물을 보지 못하였구나
그대는 어느새 꽃새가 되어

2.

간밤에 날아가 버린 꽃새는
나의 죽음을 재촉하고 있다
애절함에 적셔진 위벽은 점점 얇아져 가고
끝내 나뒹구는 술병들

복통은 이 미친 습관으로
간간이 사라졌다 또,

그리하여
어느 날 꽃새가 떠난 밤이 돌아오면
꼭 날개를 쏘아 떨어뜨리겠다고
악을 쓰다 지쳐
잠드는 밤이 오면
바보는 나 자신이라고 비웃다가
언젠가는 꼭 나의 숨통을 끊어 놓겠다고

아직도 겨울이 골목길을 여유 있게 누비는 날에

3.

터버린 입술의 아픔에
내 하얀 숨소리 위로 겨울은 여전히 감돈다

하루의 밤은
한참을 머물다 잊혀 가고
조금씩 흩날리는 별빛을 모아
얼어붙은 가슴을 녹인다

지나간 계절의 연민에 대한 독소
살풀이를 채 못 끝낸 육신은 지쳐
곤두박질쳐 거꾸러지고
다시 바닥의 찬기는 온몸을 소스라치게 한다

이번이 마지막 겨울이라고
절규는 네 벽면에 서로 부딪히다 꺾인다
내가 갇힌 것이 아니다
그는 세상이었다
여전히 허탈하다고 말해도 좋을 비웃음

봄이 오면 그녀는 돌아올 것이다

4.
덜그럭거리는 벽시계
허망한 기다림은 이런 것이다

어둠이 운다
늦봄의 소리 따라
불 꺼진 방 곰팡내 진득하여
어스레한 숨소리를 흉내 내며 운다

풀어지고 해져 이쪽저쪽 마구 헝클어진
몇 알갱이 남지 않은 마음을 부여잡고
울음소리 따라
어둠에 묻혀버린 침대를 찾아
거친 손가락들이 더듬거린다
어디서 날아드는 소멸의 꽃 나방
떨어진 삶의 이야기와 꽃 비늘
봄비는 모두를 싣고 시계 속으로 가버린다
다음날 그림일기 속에는
하늘을 파랗게 칠하고

구름이 몽실몽실 피어오르게
노랑나비, 흰나비 날아오르면
꽃씨들이 출랑출랑 따라 다닌다

아랑곳하지 않는 배경에
오랫동안
나는 오려진 종이 인형처럼 겉돌고 있다

허망한 기다림은 이런 것이다

5.
우울은 회색이다
스쳐 지나간 여인의 머릿결처럼
헛되고 슬퍼질 미련의 색조

너무 몰두하여
무능력해진 감상에 날아오는
피곤의 화살들
어디로 피할 것인가

폭풍우 몰아치는 듯한
엉망진창의 하늘과 그 아래
오래전인가 곁을 떠난 사람들
폐허의 방
쾌쾌한 이불속에서의 마지막 목 조름

이제 봄은 필요 없다

빗소리 새들 소리
점점 맑아지는 소리
사람들의 웅성거림

아! 내가 날아가는 소리

어느 끝에서

열심히 달렸다
길가 꽃이라도 볼 양이면
옆 사람이 더 빠른 것 같아
다시 재촉하여 앞으로 달렸다

앞에 뛰는 사람을 따라
기를 쓰고 그 사람을 제끼면
어느새 또 앞사람이 나타나 달린다
달리고 달리고 또 달렸다

문득 허연 터럭이 목을 감아 섰다
버스 타는 곳 깨진 반사경에
부스스한 노인이 서 있다
여기는 어디인가

다람쥐

다람쥐는
이산 저산을 부지런히 다녔어
봄을 시작으로
푸른 여름 산과 붉은 가을 산
하얀 겨울 산도 부지런히 다녔어
어느 날
아주 우연히
운명처럼 잠시 주변을 보게 되었어
그리고는 무엇에 이끌렸는지
겁 없이 동그란 쳇바퀴에서 내려왔어

다람쥐는
아직 남아 있는 힘으로
혼자 돌아가고 있는 쳇바퀴를
잠시 바라보았어, 아주 잠시
그리고 말이야
각자의 밤을 덮고 있는
가족들의 숨소리를 귀에 꽂고
핸드폰의 화면을 몇 번 문지르더니
이내 스르륵 잠이 들어 버렸어

우유

우리 집 고양이 '우유'
몇 년째 함께 살아도
제 이름을 모른다
어쩐 일인지 다가와
바라보는 똥그란 눈알

너도 딱 한 번만 사니?

뭘 그런 걸 물어

아무런 대답 없이
긴 꼬리만 몇 번 위아래로 움직인다

뇌는 나

뇌는 내가 본 것을 보는 뇌는 나
뇌는 내가 들리는 것을 듣는 뇌는 나
뇌는 내가 느낀 것을 느끼는 뇌는 나
뇌가 어리석었습니다
뇌가 욕심을 부렸습니다
뇌가 미안합니다
뇌가 잘 못했습니다
뇌가 다 돌려놓겠습니다
다 뇌 때문입니다
뇌를 용서해주세요

세상은 뇌에게서 시작하여
세상의 마지막을 함께 할 뇌를 생각하며

가위눌림

한 잔의 술과 가로등 불빛이 입속으로 들어온다
등을 타고 내려앉은 기둥 아래
고개를 숙인 나는 흐느적 바닥에 누워버린다
순간이다
거대한 흑새 한 마리 먼지바람 속에 나와
검은 발톱으로 목을 누른다

깊게 조여 온다
제발 나를 놓아주길
더는 지체할 수 없다
꿈의 출구를 찾아야 한다
춤을 추고 싶어
활활 모닥불 하늘 높이 솟구쳐 불붙고
심장을 움직이는 생명의 북소리
마음껏 춤을 추고 싶어

한번 번쩍거리더니
힘차게 부리가 가슴팍으로 날아든다
점점 희미해져 가는 밤이다
조금만 더 숨을 쉬도록
조금 더 숨을

흑새는 사라질 것이다

제발

착각하지 마
인간은 혼자야
아님
당신이 더 사랑하던지
당신이 더 희생하던지
그렇다고 너무 달려들지는 말아
아마 지겹다고 달아날지도 몰라
그냥 딱 눈치껏 살아
아님
먼저 쓰러지던지
편견의 덩어리는 평생 심장을 누를 거야
정말이야
인간은 지극히 정성껏 혼자야

미련

시곗바늘은 지쳐 흐느적거리고
산들의 머리숱을 날리는 밤바람에
새들의 잠자리는 밤새 불편하겠지만
내 인연이 이렇다
이슬방울에 눌려 끊긴 거미줄
그럴 수도 있어 슬퍼하지 마
그저 아침이 와 마르기 전에
한 번 더 반짝여 주길

홀씨는 날리고

민들레 홀씨들이 바람에 날려
이곳저곳으로 흩어진다
금수저는 금밭에
은수저는 은밭에
흙수저는 흙밭에
그마저 없는 빈 홀씨는 바위에 앉았다 퉁겨지더니
벼랑 끝 말라 떨어진 소나무 가지에 걸렸다

비는 다르지 않게 내리고
바람은 다르지 않게 불고
햇빛은 다르지 않게 비치지만
너는 노란 민들레구나
너는 하얀 민들레구나
너는 더디 피는 어떤 민들레구나
흙바닥에 납작 엎드려 아직 꽃을 피우지 못하더니
벼랑 끝엔 풀포기만 몇 남아 흩날리니
너도 따라 어디 좋은 곳으로 날아갔을까

여전히 바람은 다르지 않게 불어
새로운 민들레 홀씨들을 날리게 할 작정이다
시간은 다르게 흐르지 않아
늙고 병든다는 것도 다르지 않아
옛 민들레는 하나둘 말라가고 있구나

1989년 낙서 1

어젯밤의 폭우는
파리 날개 몇 장 붙은 거미줄과
낡아 문드러진 문짝을 마구 두드려댔다
싸구려 월세방의 천장은
비가 새어 누리끼리한 낙서를 하고
습기 머금은 곰팡냄새가
살갗에 문신으로 피어오른다
떨어지는 빗방울을 피해 보지만
발등만의 움직임으로 어림도 없다
살고 있는가
머리는 며칠째 방치되어
온통 벌레들이 신나버린 것 같고
술병과 빈 밥그릇들이
곁에서 임종을 지켜보는 것처럼 숙연해진다

살고 싶다
손을 뻗어 다시 한번
나를 잡아 본다
손은 아직 뜨겁다
절망을 태우는 불을
가슴에 가득 담아 놓으리라

1989년 낙서 2

지식에 대한 비겁
너무나 일방적인
상대방은 이미 가버려
이제는 사고할 수 없음
일종의 집착, 즉 짝사랑

어머니
그 위대한 역사의 문
회귀본능
돌아가고자 함

자기허세
내가 만든 사각의 상자
벽에 붙은 깨진 손톱과
흘러내리는 장미의 혀
그냥 일어서면 된다

촛불

물 위를 걷는 조그만 불
살포시 한발 한발
바람의 노래에 실려
붉은 꽃의 간드러진 몸놀림
관능적이라는 생각
아니면 편곡 내지는 왜곡

기도

내 안의 동굴 입구를 찾아서
혈관을 뚫고 계속 앞으로
눈부심
오, 신이시여

3부

단념

단념

누구에게나
마음에는 수수꽃다리 같은
향기로운 꽃 한 그루씩은 자라고 있다

나일런지
누구일런지
어느 새벽이었나
차가운 바닥에 흩뿌려 져 있는 싸리꽃 이파리
하얀 눈처럼 마음에 옴팍 내려져 버렸고
앙상한 가지는 뼈다귀처럼 을씨년스러운데
남은 몇 장 꽃잎도 보란 듯이 떨어지고 있다

너무 갑작스레 일어난 일이야
아니 그럴 때야 라고도 하지만
순순히 따를 수 없어 더 아프다

내 맘에 다시 꽃망울 돋아나고
빨간 꽃 한 송이 피울 수 있는
노란 봄이 매년 오면 좋으련만

얼어 찢어지고 바싹 말라 부서지기 전에
그냥 모두 쓸어 담아 버리고 말든지

해는 뉘엿거려 그림자 허리는 꼬부라져 아프지만
싸리 빗자루 팽개치고 마음의 문턱에 앉아
오랫동안 멍한 눈은 시곗바늘을 따라 돌고 있다

오늘은 허상이다

오늘이라는 방식으로
자유로움에 이리저리
허우적거리는 시간의 물결

한발을 내어 디디면
단지 몇 시간 전의 지나간 일이 될 텐데
굳이 생각해야 떠오르는
그저 머릿속에 기억된
시간의 잔향이 될 걱정이 들어

이는 고귀한 시간을 허비할 수 있는
살아 있음의 특권이라 자위해 보지만
한낮의 푸르른 하늘 아래
노랗고 불그스레한 잎들의 황홀함도
새벽으로 가는 늦은 밤
한발 뒤로 또 뒤로 기억으로만 느껴지는
허상임을 속일 수 없으니

어찌 이 심박의 시야는
그대로 남아 있을 수 없는 것인지
한발 한발 나를 움직인
내일의 어느 시간에 서면
지금이라고 하는 이때의 고뇌를 기억이나 할까

하루

하루가 가면
지나간 하루로 쌓이고
새로운 하루는
어제의 하루에 날름 앉아
그 하루 위에 하루가

하루에 받은 좋은 선물도
하루에 적은 슬픈 쪽지도
하루에 찔린 아픈 마음도
하루에 품은 까만 욕심도
하루에 뱉은 빨간 거짓말도
하루에 흘린 등줄기 땀들도
하루에 만난 소중한 생명들도

하루가 가면
오늘의 아래에 묻히고
지나간 하루는
어제의 하루 아래 털썩 눌려
하루가 아래에 아래로
하루가
하루가

지렁이에게 길을 묻다

때늦은 폭우가 가을 만찬을 어지럽혔다
아침부터 차가운 빗물을 먹어대던 토양은
오후 들어 검붉은 흙탕물을 토해내었다
숨이 차오른다
죽음의 공포는 온몸을 땅 위로 밀어 올리고
굵은 빗줄기 사정없이 연한 살갗을 때리지만
온몸으로 시원한 공기가 들어온다
몇 남지 않은 빗방울 소리
안개 사이로 맛보는 자외선의 유혹
이제 촉촉한 아스팔트를 늦기 전에 건너가야 한다
빠른 속도로 영상들이 스쳐 지나간다
'그래, 항상 최선을 다해 열심히 하면
누구든지 꿈을 이룰 수 있다고 배웠어.'
'하늘은 스스로 돕는 자를 돕는다고 했어.'
몸은 점점 더워지고 있다
그리운 흙냄새가 아직 느껴지지 않는다
살갗이 굳어가고 있다

출근길 아침 숙취에 절은 아버지는 문득
노란 국화와 채 마르지 않은 초록의 화단을 등지고
회색의 벽으로 기어가는 지렁이를 보았다
목적지를 향해 게으르지 않고
오로지 생명의 출렁임으로 전진하는 지렁이를 보았다

지렁이에게 길을 묻는다
어디로 가야 하냐고

달은 꿈이다

발코니에 여행 가방을 놓아둔 것이 문제였다
눈을 뜨면 창문 액자 틀 속에 산들이 가득하다
여행 가방은 벌써 산을 넘고 낮은 구름을 넘고
잠깐
지금까지의 상상은 헛되었어
달을 보고야 말았으니
검은 앞산 위에 떠 오른 하얗게 반짝이는 달
크고 작은 크레이터로 피부가 까칠한 달

아폴로 11호의 우주인 버즈 올드린은 말한다
'장대한 황량함(magnificent desolation)'

미친 듯 달에 가고 싶다
반짝이는 회색의 분화구 위를
여행 가방 바퀴를 돌돌 굴리며 걷고 싶다
황량한 지평선 너머 반쯤 걸려 있는
푸른 지구는 어디든 따라오너라

여행은 꿈이다
여행은 몽상이다
달은 눈에만 보일 뿐
만질 수도 없고
가볼 수도 없는
모든 사람의 생의 시작과 함께 하는
달은 꿈이다

굴레

높게 보니
높아만 지고
채워보니 느는 빈자리

애초에
올라갈 곳도
가득 채울 것도 없었는데

한번 쓴
마음의 녹만
어리석게 쌓이네

미세먼지 단상

잠시
잊고 있었어

하늘은
원래 파랗고

봄바람은
원래 맛있다

서부전선 이상 없다

아름다운 것이란 무엇일까
평화의 이름으로 쓰러져간 전장의 절규
모순덩이의 찬미자
우리들 가치의 반인륜적인 의미
전쟁은 영원한 인류의 동반자
그들은 몸부림으로 스러져 갔다

우리가 존재한다는 것은
내가 너의 가슴에 칼을 꽂는다는 것은
네가 나에게 총을 쏘아대는 것은
이브의 슬프고 아름다운 유혹
그 시작의 미완성으로 인해
온 세상은 이렇게 꿈틀거리고 있다

파울 보히머
조용하고 평화스럽던 어느 전선에서 잠들다
행복한 눈빛을 간직한 채

역사의 독재자들은 영웅이 되고
영웅의 전설을 위해
그들은 피를 흘려야 했다
예측할 수 없는 시간의 제물

이제 또 걸어가야 한다
무엇을 위한 것이냐고
누구를 위한 것이냐고
묻지 말 것을

봄바람 세차고
낡은 창문 덜컹거리는 밤
내 가슴은 어이해 잠 못 이루는가

변덕스러운 나는

새벽바람이 서늘해졌습니다
며칠 전 이리될 줄 알았습니다만
못 참고 이곳저곳에 화풀이했군요
화끈거리던 열대야도 나의 시간이요
세상의 마지막 날 같던 땅덩이도 그러했는데
내일모레 태풍이 다가온다는 이 밤에
변덕스러운 나는 여전히 혼자입니다

마음 섞기

하루 해 지나고 오랫동안 기다렸던 새벽의 시간
간밤의 열대야로 벌겋게 달아오른 몸뚱이가
강바람이 닿을 때마다 으스러지게 한기를 느낀다
이 살갑고 보슬보슬한 시원함을 가득 담아
저 허파 속 뜨거운 풀무질 가득한 대낮으로 내보낼 수 있다면
안다 그래 안다
세상이란 게 다 알맞을 수 없다는 것을
칠월의 태양은 천지를 태워버릴 듯 불같아 두렵고
한숨 돌린 동강의 새벽은 얼음장 같아 떨리니
조용히 눈을 감고
이리도 야트막한 마음을 구석구석 비워
주어진 하루 모두를 모나지 않게 섞어 보고자 한다

모로기*

문득
무질서한 시간이 잠들다
궤도의 눈금이 맞추어지는 때
밤새 유영하던 잊힌 영혼들이
어느 틈이든지 연기처럼 스며들듯
작지만 무수한 새벽의 실오라기 바람이
꿈틀거리며 눈꺼풀을 헤집는다
하루가 그나저나 하여
게으르게 몸을 뒤척이는 것은 아니지만
하루의 시작이 두려운 것은
습관화되어 결코 버릴 수 없는 지극한 반복 때문이다

마치 밤바다는
보는 것이 아니라 들어야 하는 것처럼

*모로기: '문득'의 옛말

마음은 바람이다

마음은 바람이다
이곳저곳을 바라보고
이것저것을 바란다

바람은 어디서 와
갓 칠한 연두색처럼 순수했던
머릿속을 휘저어 회색으로 덧칠하는지

바람은 어디서 와
불한당처럼 잘 진열된 물건들을
여기저기 마구 흩트려 놓고 다니는지

바람은 어디서 와
내일이면 잊힐 사소한 말거리 들을
여기저기 소문내어 소란스럽게 하는지

아무렇게라도 구멍을 뚫어두면
바람이 쉬이 지나간다
가두려던 묶인 끈을 풀어놓으면
바람은 오래 머물지 않는다

다시 길을 걷자

모래 묻은 발들이
마구 밟고 지나갔다
얼룩진 자갈들
파도에 얼굴 한 번 담그니
금세 반질거리는 말간 돌멩이
언제라도 이렇게 다시 깨끗해질 수 있는 바다

버려진 폐선의 수북한 먼지들
얽힌 그물 뭉치를 뚫은
햇빛의 칼들에 번뜩인다
위아래로 끓어오르는
버려진 옛 기억의 잔해들 속에서도
언제라도 이렇게 다시 숨 쉴 수 있는 공기

땅 끝으로 정신없이 달려왔다
지금 여기
끝이 아니라 바다의 시작이라는 것을

파도는 쉼 없이 바위를 닦고
찢어진 만선의 깃발이 바람에 파닥인다
걱정하지 말고 다시 길을 걷자
그도 그의 길을 다시 걷고 있을 것이다

당신 있음에

녹록하지 않은 일상의 시대
축 처져 비뚤어진 어깨를 펴고
희붐한 앞산의 보이지 않는
긴 그림자 누워버린 길로 나서
회색 도시 속으로 다시 걸어간다
구부러진 허리 다 닳은 관절로
언제나 그 자리에 서
모정의 힘을 지팡이 삼아
어이 가라 하시는 당신 있음에

가끔 낙엽들은 달아난다

잔바람 불어내는 새벽
밤사이 하늘에서 내려온 별처럼
길 위에 누운 노랗고 빨간 단풍잎들
반가운 마음에 말을 건네려 다가가자
단잠을 깨웠는지
자기들끼리 수군거리더니
또르르 데구루루
어디론가 부리나케 달아나고 있다

통하면 아프지 않다

바람을 막아서는 것보다
비켜서면 덜 아플 수 있다
그렇다고 생각한 것은
그렇게 행동해야 한다
생각과 행동이 하나 된 나는 옳다
허나, 우리는 마주보기 삶
둘이 되어 다름을 알아가고
가끔은 미움의 그림자 스멀거려도
그까짓 어눌한 얼굴
순진하다고 말해 버리자

가끔은 통하였다는
자만의 권력에서 깨어
자기를 돌아보기로 하자
당신과 나의 눈동자 거울 속
하나 둘을 번갈아 보는 우리는
산새 소리에 나풀거리는
풀잎 가득한 오솔길로 통한다

나를 보고
둘이 마주 보고
비추어 우리를 보자
번갈아 두리번거려도 좋아
시계의 움직임은 공유되고
맑은 공기는 함께 호흡하니
제발, 하나도 아프지 말기를
사무침 없는 우리가 되기를
이제 가슴으로 통하여
사람으로 통하여

벌떡 일어나 가라

하루에 지친 노쇠한 그대에게
짙은 구름 가득한 하늘을 보는 그대에게
독감처럼 찾아온 의기소침으로 누워버린 그대에게
삶은 벌이 아니다

귓가를 핥아대는
소멸의 달콤함이 들리거든
뭐하노
벌떡 인나 가지 않고

가슴으로 안아오는
자멸의 부드러운 손길이 다가오거든
뭐하노
벌떡 인나 가지 않고

삶은 벌이 아니라
삶은 노여움이 아니라
그대여 손뼉 한번 쳐보고
그대여 침 한번 꿀꺽 삼키고
그대여 그냥 벌떡 일어나 가는 거다

로또

로또를 샀다
마누라가 바가지를 긁는다
또, 또, 또
쓸데없이

신문을 뒤척인다
아래위로 번호를 대질 신문한다
또, 또, 또
쓸데없네

뭐 하고 있어요?
스마트폰을 들이댄다
큐알코드란다
마누라는 고수다

기어이

바싹 마른 가지들은 잊혀졌다

아무리 튼튼한 것들도
오랫동안 바람을 맞으면 흔들리게 되어있다
여러 날 차가운 밤이 지나가고
또 여러 날 으스러지는 새벽이 지나고
껍질을 더 조이게 만드는
삐딱하게 비치는 태양도 동에서 서로 지나가고

어떤 가지는
눈보라 치는 날을 이용해 외쳐보았다
나무에서 떨어지는 소리는 바람 소리를 따라갔다
어떤 가지는
눈 내리는 날을 이용해 외쳐보았다
나무에서 눈덩이보다 먼저 떨어져 묻혀버렸다

바싹 마른 가지들은 나름대로 방식으로 잊혀 갔다

아무리 고통스러운 기억들도
오랫동안 달력을 넘기고 찢다 보면 흐려지게 되어있다
여러 날 밤 달빛과 별빛과
또 여러 날 새벽 고요와 적막의 무대에
새날이 펼쳐진다

바싹 마른 가지에
기어이 꽃망울이 올라오고 있다.
기어이 잊혔던 뭉침이 뭉글뭉글 올라오고 있다
기어이 만개할 영원을 품은 꽃망울이 올라오고 있다

긍정하다

이 세상일이란 것
다 내 마음같이 않으니
여기까지
거기까지만 하고

내 흔적이란 것
다 곧고 바를 수 없으니
오해도 있었을 것이고
그럴 수밖에 없었을 것이니

그리하다
그러하다 보면
밤엔 불면 없는 잠들의 축복과
낮엔 고뇌 없는 발걸음으로 걷다

하늘을 두른 겹겹의 산들과
달빛을 이는 대지를 볼 수 있나니
숲과 바다를 숨 쉬게 하는
생명의 소리를 들을 수 있나니

보잘것없음을 느꼈었을지라도
불후의 장편소설도 뜻 없는 토씨들이 모여
명문장을 이루는 것처럼
그대의 순간은 곱고도 곱다
그대의 세상은 고맙고 또 고맙다

시작(詩作)희망

세상에 수많은 말들이
오늘 하루도 사람들 입에서 날아올라
바람의 고운 머릿결에 보들보들 실려
하얀 양털 구름 위에 뭉실뭉실 떠다니고
백두대간 소나무 이파리에 솔솔 떠다니고
바다 위 갈매기를 따라 둥실둥실 떠다니고
시원한 그늘아래 차가운 냇물에도 졸졸 떠다니고
오일장 장돌뱅이 장터를 찾아 시끌벅적 살아 나오고
마을회관 낡은 스피커에 이장님 목소리 에코로 나오고
학교 운동회 체육 선생님의 '아, 아' 마이크 테스트로 나오고

슬픈 말들은 가슴을 떠나
눈물에 퐁당 담겨 떠내려갔으면 좋겠다
그리운 말들은 가슴에 새겨져
언제나 반짝이는 보석이 되었으면 좋겠다
설레는 말들은 새벽에 나를 살며시 깨워
내 옆에 그대와 매일 함께였으면 좋겠다
아름다운 말들이 내 머릿속에 자라나
쭈뼛쭈뼛 소름 돋게 떠오르면 좋겠다

감사하는 말들이 내 가슴속에 샘솟아
뭉클하고 시큼하게 적셔주었으면 좋겠다
삶이 가득한 말들이 시어로 모이고 쓰여
원고지 칸칸이 제집인 양 입주하였으면 좋겠다

오늘 밤 세상의 여러 말들을 붙잡아 보고
오늘 밤 세상의 여러 말들을 얼러도 보아
오늘 밤 세상의 여러 말들을 깨워도 보아
그런 밤이 너무 짧아 새벽이 빨리 오면 어쩌나 걱정이지만
오늘 밤 세상의 말들로 성찰 가득한 시를 한 편 써야겠다
오늘 밤 세상의 말들로 눈물 적시는 시를 한 편 훔쳐야겠다
오늘 밤 세상의 말들로 설렘 촉촉한 시를 한 편 안아야겠다
오늘 밤 세상의 말들로 사랑 전하는 시를 한 편 보내야겠다

사진

자욱이 피어나는 물방울들이
어둑해진 강물에 어리어 흐르고
시계들이 서버린
사진 속의 적막한 세상
이따금 불어오는 바람 소리와
풀벌레 소리가 몽롱함을 막을 뿐
모두들 어디로 갔을까
그리고 나는

시작을 위하여

시작은 설렘을 곁들인
힘찬 발걸음으로 세상을 정돈하려 하지만
깔끔하게 원을 그려내는
컴퍼스의 한쪽 다리처럼
돌다보면 끝과 같은 점으로 만난다

불꽃 처럼 심장이 뛰던
젊은 날의 공허는 어디로 갔는가
잠 못 이루도록 아파했던
이별의 날들은 모두 어디로 갔는가

새날이 오고 새 빛이 떠오르지만
긴 여정에 다른 한쪽 컴퍼스 다리처럼
언제나 여기 굳건하게 서 있자
더 헛되지 않게
더 후회하지 않게
더 흔들리지 않게
더 사랑할 수 있게
더 의연해질 수 있게
더 욕심을 버릴 수 있게

다시 시작해요

그대 어깨를 펴요 아침이 오면
그대 고개를 들어 하늘을 보아요
밝아오는 햇살은 새로운 날에
새들은 날아올라 이슬 반짝여
지난밤은 잊혀진 꿈 아픈 어둠 사라지게
문을 열어 시원한 바람 가슴으로 안아요

그대 외로움 알아 모두 그래요
그대 눈물을 닦고 바다를 봐요
밀려오는 파도는 언제나 함께
폭풍우 몰려와도 그 자리 있어
지난날은 잊혀진 꿈 슬픈 기억 사라지게
물결 하얀 달빛 차면 우리 노를 저어요

산은 크게 누워 잔다

산은 크게 누워 잔다

산내리 바람이 돌다
사득다리 하나 툭
깊은 숲속의 고요를 단박에 헤치지만
이내 시간의 이슬 조각

느루하게 몰려오는 간밤의 쏠림과
더껑이처럼 말라붙은
숙취를 잊고 싶었다
이렇게 살고 싶은가, 지금

산은 길게 숨을 쉰다

그의 곁에 누워 별빛을 마시고 싶다
그의 팔을 베고 초록 공기를 마시고 싶다

언젠가 꼭 산처럼 살리라
내 언젠가

어둡지 않은 밤이 어디 있으랴

빛 한 점 흘리지 않은
깜깜한 사각의 방에 앉아있다
용기를 내어 눈을 떠라
오로지 보이는 것은
안구에 남아 사라져가는
각인된 습관의 빛 스크래치 몇 점뿐
나는 서서히 투명인간이 되어가고 있다
손을 들어 눈앞에 가져다 본다
핏기는 돌아 온기가 느껴지나
두 손은 보이지 않는다
검은 먹물에 빠진 까만 눈알을 돌려 본다
이쪽저쪽 위아래 끝으로 힘껏 돌려 본다
제자리에 있는지
튕겨져 여기저기 굴러다닐지도 모른다
나의 육신은 보이지 않는다
숨소리도 조차도 들리지 않는 듯하다
투명인간이 되었다
어둠은 벽이었을 앞과 옆을 뚫고
바닥이었을 아래와 위였을 천장을 뚫고

구름으로 하늘로 숲으로 산으로
흙으로 바위로 다시 하늘로
암흑을 따라 시선은 세상의 끝에 이른다
나도 볼 수 없고 누구도 볼 수 없다
해체되고 분해되어 사라진다
투명인간이 되었다
암흑은 여기에 갇혔다
두려워하지 마라
어둡지 않은 밤이 어디 있으랴

봄이 온다

봄이 온다
새로움의 시작이며
높고 낮음도
많고 적음도 없이
바람에 실려 어느 곳이라도 온다

바램도 없이
그저 연분홍 수수함으로
개울물 맑은소리로 온다

해 넘어간 산등성이를 따라
찬기 어린 별빛을 품은
풋풋한 가슴으로 온다

겨우내 다 해진 마음을
시리고 처진 어깨를 꼭 안아줄
그 새로운 계절이
이제 내게로 온다

4부

귀향

귀향

가슴 싸한 그리움을 한 올씩 모아두다
가득 찬 맘자루를 동여매지 못하고서
멀고 먼 걸음들조차 마음은 한달음

짧게 쓴 소식 몇 줄 정겨움을 품지 못해
자치기 말뚝 박기 앞동산도 선하구나
고운 맘 가득 산들 내 그리워라 내 고향

고향길

온산의 나무들 채색화 칠해지니
울긋불긋 맛깔스러운 향기로 가득하다

고향 집 따사로운 마당
주렁주렁 꿀맛 대추
빈둥거린 누런 칠복이
널브러진 붉은 고추

스르륵 힘 풀려 눈꺼풀 내려앉으니
흙냄새 피어오르는 그리운 고향길

그리운 고향

아주 여러 해 비바람 막아낸
석면 무섭다는 슬레이트 처마에
누레진 전깃줄 양쪽에 묶어
종자 옥수수 서너 통 매달리고
언젠가 벗어놓고 간 해진 운동화 걸렸다

팔십 여러 해 굽어진 허리를
못난 부지깽이 의지해
이제는 남 농사 지라 준 앞 뒷밭을 오가며
웬 놈의 잡풀이 이렇게 많으냐고
온종일 투덜거리는 노모의 잔소리를
작년 윗동네에서 소문 없이 사라진 칠복이를 대신해
끙끙거리며 다 들어야 하는 똥개 만복이

시멘트 바닥 마냥 딱딱했던 마당 구석은
고추, 상추, 오이가 뽐내며 자리 잡고
뭔 놈의 비가 이렇게 오지 않느냐고
이젠 하늘로 당신의 굽은 손가락 가리키니
만복이도 제법 눈치껏 몸을 낮게 웅크리고
콧등에 앉으려는 파리를 쫓는 척한다

붉은 태양의 열기를 모두 담아
고추는 빨갛게 실하고 상추는 시퍼렇다
토마토 껍질은 거울처럼 반질거리니
돌아올 손주 녀석들의 얼굴이 비치고
가족들이 모여 삼겹살로 실컷 뜯어 먹을
무공해 상추이파리들은 아작아작
맛있는 소리를 담고 금방이라도 터질 듯하다

어김없이 고향은 가을을 그리고
당신을 떠나온 우리는 고향을 그린다

고향 安

고향 집은 그 공기부터
마음을 편히 숨 쉬게 한다
들려 본 지 오래되었지만
그저 쉽게 잠자리를 내어 준다
아침에 보채듯 깨우는
하루의 시작 대신
다 익은 햇살을 커튼으로 막아 주고
한껏 차버린 이불을 다시 덮어주신
노모의 발소리를 겨우 들었을까
아주 긴긴 늦잠을 잘 것이다

서설

첫해의
붉은 기운
봉래산에 내려온다

우리 영월
고운 사람
고단한 잠 깊었지만

흰 서설(瑞雪)
가득한 새날
만복으로 깨어라

서리꽃

이른 봄볕을 받아
푸른 비늘 반짝이며 꿈틀거리던 서강의 입김은
아침이 밝아 오자 긴 호흡으로 날아올라
강가 버썩 말라 있던 풀과 잔가지 마디에
시리도록 하얀 서리꽃을 피어내었다

피고 지는 아픔으로 꽃은 붉어지고
잠들고 깨어나는 고통으로 새벽은 밝아지니
긴 기다림도 끝내 힘을 내어 돌아서면
여기부터 다시 시작할 수 있지 않을까

항상 그렇게 될 것이라고 생각하면
어느새 그렇게 되지 않는 세상일들처럼
샘 많은 삼월 끝자락의 차가움에 대하여
강은 잠시나마 서리꽃으로 서운함을 달래 주고 있다

가곡 감상

작곡 이종록
Sop 김신혜
피아노 김윤경

서강은

타오르는 하늘 아래
목메는 들판과 산들을 무심하게 지나
칠월의 서강은 푸르게 흘러가네

물결은 쉬이 반짝이고
숯덩이처럼 검은 바위를 돌아 구부러지다
넓어진 강 아래 허리를 쭉 펴
뒤돌아도 보지 않고 서강은 흘러가네

판운 섶다리

구름과 안개가 넓게 끼어
너룬이라 널운이라
평창강 휘감은 아름다운 판운리에

물푸레 참나무 쩍 벌어진 두 다리
맑고 차가운 강물에 발들을 담그고
길고 긴 겨울을 지켜낼 우뚝 선 섶다리

건넛마을 마실 가는 아낙네
흥겨운 걸음에 실룩 실룩
푸른 잣나무 잎들이 함께 춤추고

윗마을 형님과 마신 구수한 막걸리
주름진 입가로 빨갛게 달아오르면
다리도 출렁출렁 취기가 가득하다

강은 아래로 멈춤 없이 지나
주천강을 만나 유유히 서강으로
그리움 건너는 정겨운 길 판운 섶다리

문개실*

팔월의 막바지
제법 노릇해진 논들의 머리에
한창 세찬 비 뿌려진다
이 비 지나고 물안개 피어오르면
멀리 오대산과 태기산의 기운 가득한
서강을 한 아름 안은 마을이 두둥실 떠오를까
문개실 아이들은
비만 오면 선생님을 졸라 대었다
'선생님요, 지금 집에 보내 조요.'
'물 늘면요, 배를 못 건네요.'
성한 우산 하나 없이 교문 밖으로 신나게 뛰어가는
그 녀석들, 그땐 정말 부러웠다

까만 고무신엔 골뱅이 가득 주워 담고
짝퉁 자유형 칼 헤엄으로 시합하던 까까머리 동무들과
물살을 가르던 줄배는 마음의 구름으로 떠오르고
서산 너머 노을처럼 붉어진 두 눈을 애써 감으니
오늘은 쓰름매미 긴 울음 따라
서강의 푸른 물소리만 그지없다

*문개실: 비가 개인 후 물안개로 마을이 물에 뜬 것처럼 보인다는 마을이름

선돌

신선이 노닐었을
으뜸 비경 선돌의 자태

구름 휘감은 기암절벽
운장벽(雲莊壁) 글 새겼는데

두 벗님* 우뚝 선 채로
푸른 물만 굽어보네

*벗님: 문신이자 학자인 오희상(吳熙常, 1763~1833)과 홍직필(洪直弼, 1776~1852)

사월 미련

연분홍 눈
벚꽃들
머릿결 쓸어 유혹하고

만지고픈
사월의 밤은
별빛 폭죽 별똥 잔치

넋 놓다
나를 보아니
무심히도 못났네

칠월 소감

청초롱
달 구름 빛
가지마다
대
롱
대
롱

찌르르
풀잎 너풀 아래
날벌레가 한들거린다만

한낮의 이글거림에
역정 들어 슬프다

팔월 오해

길기도 긴 하루
못 이긴 채 넘어가니
이때다 창문으로
산바람을 불렀지만
데워진 심장의
고집 열풍은 가득하다

굵은 땀 알 훔쳐 가며
이곳저곳 달래 봐도
귀 간질이던 개울 소리
쉬이 들을 수 없어

벗이여 큰마음 열고
시원한 글 띄워 주게

막걸리

싱싱한 젖 빛깔
막걸리를 받아드니

우그러진 주전자 통
황금으로 빛었구나

벗들과 쨍 마주치니
천상의 맛이로세

낙화암

소나무
어여머리
회색 민낯 가파른 절벽

떨어진
여섯 매화
의로운 향기 가득한데

금장강
푸른 등 타는
뭇올히*는 알려나

*뭇올히: '물오리'의 옛말

상동에서

고요하다
살결에 닿았던
무거운 돌의 영광된 기억은
오보일 수도 있는 찢어진 시간
하나로 혹은 뒤엉킨 폐품들처럼
시선 머무름 없어 분노조차 방치된다

적막하다
오랫동안 사용하지 않아
몇 안 되는 문장 덕분인지
말이 어눌하니 생각도 어눌해
조그만 시장바닥 구석에 떨어진
고등어 대가리처럼 비딱하게 시계만 훔쳐본다

버려졌다
담벼락들은 노쇠하여
지도의 엉성한 배경이 되었고
간판자국 남은 건물의 굴뚝에서
바람 한 점이 쓸쓸하게 달려올 쯤
시커먼 매연을 한 움큼 토해내며 버스는 떠나간다

삽당령

될 수 있는 한
구부러진 산허리를 따라
완행버스는 멈춤 없이 걸음을 재촉한다
칠월 오전의 태양은
눈부신 녹색의 이파리를 만들고
살아간다는, 살고 있다는
설렘과 두려움들이
아스팔트의 냄새와 자동차의 떨림으로 뒤엉켜
차 안으로 훅훅 들어온다
어느새 꼭지에 다다르자
표지판 하나 눈에 들어온다

해발 670m 삽당령

헐떡이며, 혹은 지쳐
힘겹게 달려온 나를 뒤로하고
이제 아래로 시원한 미끄럼이 시작되었다
더는 필요치 않은
벗겨진 껍질 하나
이리저리 뒹굴다
삽당령의 바람으로 불어올 것이다

선자령

떠오르는 달을 닮아 선자령이라
선녀의 온몸을 감쌌던 아름다운 계곡을 안았다

바람이 분다
미끈한 능선을 따라 세차게 바람이 분다
내 마음 함께 저 동해로 한걸음에 내달리고

바람의 언덕에 우뚝 서
발왕산의 남풍으로 오대산의 서풍으로
쉼 없이 크게 날개를 저어대는 거대한 바람개비들

천년의 꿈 주목이여
이렇게 세찬 바람 소리를 들을 수 있나
눈가루가 모래처럼 살갗을 스친다

바람이 분다
나는 이리저리 떠도는 길 잃은 깃털이고 싶다

의암호에서

멀리 산 둘레 아래
가을볕으로 반짝이는 호수
널따란 품은

도시의 온갖 소음과
멋대로 헤매는 탁한 바람을
안아주고도 남는 듯하다

번잡스러운 일상의 무료함과
깔끔하지 못한 습관적인 오늘들을
시원하게 씻겨 내고 싶지만

감히 다가가지 못하고
안경을 썼다 벗었다
안절부절 그 자리만 서성이는데

벌써 산들을 넘어
저물어 가는 해는 단풍잎 되어
의암호에 붉게 내려앉는다

가을 그림

하늘 파랗고도 그윽한데
산들 모른 척 심드렁 누었어도
간혹 덜 식은 햇살을 담았지만
말없이 시원하게 만져주는 바람

다 살아버린 안타까움 잊고
차가운 강가에 춤추는 갈대들
으스러지고 부서져 흩날려도
미련 없이 동토를 감쌀 낙엽들

고추잠자리 빨간 엉덩이
화들짝 볼살 붉어지지만
아름다운 이 땅의 가운데에 우뚝 서
크게 팔 벌려 안아주고 싶은 너

그래, 가을이 왔구나

시월 삼일에

태고에 하늘이 열리니
널리 세상을 이롭게 하여
천지의 물결은 온 누리에 흘러
팔천만 우리의 심장을 뜨겁게 살려왔다
반만년 유구한 역사의 땅에
끝없는 폭풍의 시련이 있었으나
사그라지다가도 다시 일어나는 들불처럼
아버지의 아버지와 또 아버지의 아버지가
어머니의 어머니와 또 어머니의 어머니가
아들의 아들에게 봄과 여름을 이어주고
딸들의 딸들에게 가을과 겨울을 이어주었다
시월 삼일 이날에 태극기를 흔들며
동해에서 서해까지 한라에서 백두까지
우리는 하나였었으니 다시 하나여야 하지 않을까
고개를 들러 저 멀리 바다 너머를 보아라
자리에서 우뚝 서 저 대륙의 노을을 보아라
이 땅에 살고 있는 우리는 서로 적이 아니다
우리 겨레여, 祖國이여 영원하여라

우리 땅 독도

독도는 대한민국의 자랑스러운 영토인 것을
도적의 무리는 혀를 날름날름 더러운 침을 흘리며
는질맞은 침략본성 반성을 모르는 반인류적 악연

우리 겨레여 동서와 남북이 뜨거운 손을 맞잡아
리자조*로 처절한 반성과 진정한 사죄를 받아내어
땅, 우리 땅 독도에서 밝아오는 해를 언제나 맞이하자

*리자조(利子條): '이자조'의 북한어

태화산

태백의 큰 줄기로 나와
남한강 품어 안으니
정상 자락 새파란 하늘빛
욕심 가득한 눈으로 볼 수 없게
시리도록 넓고도 깊구나

산세는 날렵하지 않으나
변하지 않은 수수함이 좋아
오르고 또 올라서니
사방 천지가 겹겹 쌓여
거대한 물결처럼 장대하다

이마에 흐른 땀 식혀줄
맑은 바람 한 점이면 족하다
태화단풍 물감 들어
흐르는 강에 풀어져 어울리니
산 아래 세상 큰 꽃으로 가득하다

동강에서

아까시 꽃 이파리
늦 강바람 따라
품 넓은 동강에 내리고

은빛 피라미 하나
힘차게 차오르니
강물 푸른 별빛 가득하다

굽이굽이 강기슭 돌아
외롭고 머언 물길을
의연하게 흘렀구나

소란과 소소한 오늘 하루
얇은 조약돌 위에 얹어
물수제비 동그랗게 띄워 본다

꽃 피어나네

서강의 푸른 물결 선돌을 굽이돌아
육백 년 하루같이 청령포를 안으면
발산도 눈물 훔치는 충의공의 절개
자규루*에 새 울고 금강정엔 봄이 오네

하늘을 볼 수 없어 흙냄새 이는 김삿갓
운명을 탓하지 마라 정처 없는 방랑길
세상 노닐다 눈 오는 밤 구름 위 걸을까
별 내리는 마대산에 솔바람만 지나가네

영글어진 달이 편히 넘는 소나기재
가는 길 세찬 비에 고비마다 젖는 마음
이별이 막아서도 그리움은 산 들을 넘어
변치 않을 영월 충절의 꽃 피어나네

*자규루(子規樓): 자규루는 단종이 세조에게 왕위를 빼앗기고 유배되었을 때 잠시 지내던 곳이다. 단종은 이 누각에 자주 올라가 자규시를 지었다고 한다. 자규란 피를 토하면서 구슬피 운다고 하는 소쩍새를 가리키는 말로 자신의 처지를 견주어 지은 것이다.

동강은 흐른다

오대천 조양강의 장대한 첫걸음이여
아라리 가락에 산을 돌고 바위를 넘어
사공의 근심 어린 황새 여울 잘 지나면
어라연 비단 연못 비경 중의 으뜸이다

청보라 분칠한 동강할미꽃 세월 타령
흐르는 강이여 청춘도 그대와 같아
무지개 반짝이는 쉬리들 물살을 박차고
무심한 수리부엉이 늦은 잠을 청한다

세찬 눈바람에 얼고 바위들에 베여도
봄기운 새로 담은 물결 빛 찰랑거리면
누렁소야 멍에 지고 촌로는 이랴 하니
감자 꽃 흐드러지고 옥수수 나룻 휘날린다

150리길 완택산과 곰봉의 든든한 지킴에
한결같은 하루는 당신을 따라 변치 않고
영월, 여기에 동강은 서강과 하나 되어
우리 땅의 대동맥으로 힘차게 흐른다

다시 길을 걷자

전관표 지음

발 행 처 · 도서출판 청어
발 행 인 · 이영철
영　　업 · 이동호
홍　　보 · 천성래
기　　획 · 남기환
편　　집 · 방세화
디 자 인 · 이수빈 | 김영은
제작이사 · 공병한
인　　쇄 · 두리터

등　록 · 1999년 5월 3일
(제1999-000063호)

1판 1쇄 발행 · 2020년 2월 29일

주소 · 서울특별시 서초구 남부순환로 364길 8-15 동일빌딩 2층
대표전화 · 02-586-0477
팩시밀리 · 0303-0942-0478

홈페이지 · www.chungeobook.com
E-mail · ppi20@hanmail.net
ISBN · 979-11-5860-742-5(03810)

본 시집의 구성 및 맞춤법, 띄어쓰기는 작가의 의도에 따랐습니다.
이 책의 저작권은 저자와 도서출판 청어에 있습니다.
무단 전재 및 복제를 금합니다.

이 도서의 국립중앙도서관 출판시도서목록(CIP)은 서지정보유통지원시스템 홈페이지(http://seoji.nl.go.kr)와 국가자료공동목록시스템(http://www.nl.go.kr/kolisnet)에서 이용하실 수 있습니다.(CIP제어번호: CIP2020005471)